Nota para los padres y encargados:

Los libros de *Read-it!* Readers son para niños que se inician en el maravilloso camino de la lectura. Estos hermosos libros fomentan la adquisición de destrezas de lectura y el amor a los libros.

 El NIVEL MORADO presenta temas y objetos básicos con palabras de alta frecuencia y patrones de lenguaje sencillos.

 El NIVEL ROJO presenta temas conocidos con palabras comunes y oraciones de patrones repetitivos.

 El NIVEL AZUL presenta nuevas ideas con un vocabulario más amplio y una estructura gramatical más variada.

 El NIVEL AMARILLO presenta ideas más elevadas, un vocabulario extenso y una amplia variedad en la estructura de las oraciones.

 El NIVEL VERDE presenta ideas más complejas, un vocabulario más variado y estructuras del lenguaje más extensas.

 El NIVEL ANARANJADO presenta una amplia de ideas y conceptos con vocabulario más elevado y estructuras gramaticales complejas.

Al leerle un libro a su pequeño, hágalo con calma y pause a menudo para hablar acerca de las ilustraciones. Pídale que pase las páginas y que señale los dibujos y las palabras conocidas. No olvide volverle a leer los cuentos o las partes de los cuentos que más le gusten.

No hay una forma correcta o incorrecta de compartir un libro con los niños. Saque el tiempo para leer con su niña o niño y transmítale así el legado de la lectura.

Adria F. Klein, Ph.D.
Profesora emérita, California State University
San Bernardino, California

Editor: Jacqueline A. Wolfe
Page Production: Amy Bailey Muehlenhardt
Creative Director: Keith Griffin
Editorial Director: Carol Jones
Managing Editor: Catherine Neitge
The illustrations in this book were created with watercolor and colored pencil.
Translation and page production: Spanish Educational Publishing, Ltd.
Spanish project management: Jennifer Gillis/Haw River Editorial

Picture Window Books
5115 Excelsior Boulevard
Suite 232
Minneapolis, MN 55416
877-845-8392
www.picturewindowbooks.com

Printed in the United States of America.

Library of Congress Cataloging-in-Publication Data
Klein, Adria F.
[Max goes to school. Spanish]
Max va a la escuela / por Adria F. Klein ; ilustrado por Mernie Gallagher-Cole ;
traducción, Clara Lozano.
p. cm. — (Read-it! readers)
Summary: During his day at school, Max listens to and writes a story, plays on
the playground, and eats lunch.
ISBN-13: 978-1-4048-2665-6 (hardcover)
ISBN-10: 1-4048-2665-3 (hardcover)
[1. Kindergarten—Fiction. 2. Schools—Fiction. 3. Spanish language materials.]
I. Gallagher-Cole, Mernie, ill. II. Lozano, Clara. III. Title. IV. Series.

PZ73.K544 2006
[E]—dc22
2006003598

Max
va a la escuela

por Adria F. Klein
ilustrado por Mernie Gallagher-Cole
Traducción: Clara Lozano

Con agradecimientos especiales a nuestras asesoras:

Adria F. Klein, Ph.D.
Profesora emérita, California State University
San Bernardino, California

Susan Kesselring, M.A.
Alfabetizadora
Rosemount-Apple Valley-Eagan (Minnesota) School District

PICTURE WINDOW BOOKS
Minneapolis, Minnesota

A Max le gusta leer y escribir.

Max va a la escuela.

Conoce a la maestra.

La maestra le dice cuál es
su escritorio.

Max se sienta en su escritorio.

La maestra lee un cuento.

Max escucha el cuento.

La maestra le da una hoja,
un lápiz y un creyón.
Max hace un dibujo.

La maestra lleva a los niños
al recreo.

Max juega en el patio de recreo.

La maestra lleva a los niños
a almorzar.

Max come su almuerzo.

La maestra se despide.

Max se despide.

Max regresa a casa.

¡Muy bien!

Max sueña con la escuela.

A Max le gusta leer y escribir.

23

Más *Read-it!* Readers

Con ilustraciones vívidas y cuentos divertidos da gusto practicar la lectura. Busca más libros a tu nivel.

¿Buscas un título o un nivel específico? La lista completa de *Read-it!* Readers está en nuestro Web site: *www.picturewindowbooks.com*